Leidenschaft zwischen Flügen
Sammlung erotischer Geschichten
Erika Sanders

Leidenschaft zwischen Flügen

Erika Sanders

Serie

Sammlung erotischer Geschichten

Titelbild: © Serg Zastavkin, 2025

Erstausgabe: 2025

Zusammenfassung

Julia und Cristina sind zwei Mitarbeiter eines Pharmaunternehmens, die auf Distanz eine leidenschaftliche Affäre haben, da sie beide in verschiedenen Büros in verschiedenen Städten arbeiten.

Um sich sehen zu können, müssen Sie Flugpläne und Reisen kombinieren, damit sie sich in einem Flughafenhotel treffen, wo sie während eines Zwischenstopps von einigen Stunden für ihre jeweiligen Flüge zusammenfallen ...

Leidenschaft zwischen Flügen ist eine Geschichte der Erotic Stories-Sammlung, eine Reihe von Geschichten mit hohem erotischen Inhalt.

Anmerkung zum Autorin:

Erika Sanders ist eine international bekannte Schriftstellerin, die in mehr als zwanzig Sprachen übersetzt wurde und ihre erotischsten Schriften, weit entfernt von ihrer üblichen Prosa, mit ihrem Mädchennamen signiert.

Index

LEIDENSCHAFT ZWISCHEN FLÜGEN
ERIKA SANDERS

KAPITEL 1

Das Hotelzimmer war schön, aber dunkel.

Die Möbel waren grau und gedämpft beige, mit sauberen, eleganten Wirbelmustern auf den Akzentkissen und der Tagesdecke.

Es war nicht sehr verschieden von jedem anderen Hotelzimmer am Flughafen, in dem ich gewesen war.

Ich öffnete die Vorhänge ein wenig und hielt sie fast geschlossen.

Mir hat gefallen, wie das Licht des Nachmittags vom Boden reflektiert wurde.

Der Teppich hatte eine luxuriöse Note, eine Art erhabenes Samtmuster, das sich auf den Sohlen meiner nackten Füße ziemlich reich anfühlte.

Ich setzte mich auf den Fuß des Bettes und sprang ein wenig auf die Matratze.

Abgenutzt, aber immer noch fest.

Ich war unruhig

Ich konnte nicht anders.

Ich hatte mein Handy in der Hand und schlug unsere SMS nach.

Da war Julias Gesicht in dem kleinen Kreis über unseren Textblasen; So sexy, so selbstbewusst, ihr schiefes Lächeln krümmte ihren Mundwinkel.

Es war nichts wie mein Foto mit meinem albernen, breiten Grinsen.

Julia hielt sie nicht für dumm; Sie sagte, mein Lächeln könnte einen Raum erhellen

Hallo Cristy, ich bin gerade gelandet!

* Ooooh, das ist großartig! Ich bin schon im Hotelzimmer.

Entschuldigung, der Flug hat sich etwas verspätet.

* Mach dir keine Sorgen Juli, wir haben ein paar Stunden.

Aargh, jede Minute ist kostbar. Ich kann es kaum erwarten, dich zu sehen.

* Lol, ich auch nicht, bring deinen Arsch hier rüber!

Ich werde da sein! Ähm ... wo?

* Zimmer 2308. Sei bald hier, ich kann nicht länger warten.

Ein Lächeln erschien auf meinen Lippen.

Ich dachte an unsere informelle Fernarbeitsbeziehung, die während Telefonkonferenzen und Sofortnachrichten entstanden war und in den letzten Monaten spürbar koketter wurde.

Wir arbeiten beide für dieselbe Drogenfirma, aber sie war in Houston und ich war in San Antonio, Texas, eine vierstündige Autofahrt entfernt.

Vor zwei Monaten trafen wir uns schließlich auf einer Unternehmenskonferenz in Austin von Angesicht zu Angesicht, und es war, als wären wir Freunde aus Kindertagen, die sich seit Jahren kennen.

Wie schnell sich dieser Tag der schnellen Freundschaft und Kameradschaft in eine lange intime Nacht verwandelt hatte, in der Lobbybar gesprochen und schließlich in diese leidenschaftliche erste Nacht im Hotelzimmer verwandelt worden war.

Es war eine Offenbarung, und wir waren beide fassungslos.

Ein paar Wochen später fuhr Julia aus Houston, um mich für ein langes Wochenende zu besuchen, um ihr die Stadt zu zeigen und sich wirklich kennenzulernen, aber es wurde schnell zu einem dampfenden Sexfestival, bei dem wir kaum aus dem Weg gingen. Abteilung.

Zwischen den Marathon-Liebesspielen im Schlafzimmer unterhielten wir uns stundenlang und schauten alte Filme auf meiner Couch, bis wir nicht widerstehen konnten, auf der Couch zu ficken ... und in der Küche ... und im Badezimmer.

Wir atmen nur ein, um zum Mitnehmen zu bestellen (Pizza, thailändisches Essen, Sushi).

Es war herrlich.

Ich fragte mich, wie das Speed-Date im Flughafenhotel aussehen würde.

Ein schwindelerregender Wirbelwind aus Worten und emotionaler Intimität dank unserer vertieften Verbindung?

Oder reine körperliche Verlassenheit?

Er hatte klare Vorstellungen für Letzteres.

Es war ein schmerzhaft langer Monat vergangen, seit er das letzte Mal bei ihr gewesen war.

Unsere Arbeitszeiten waren intensiv, mit Verkaufszielen zum Quartalsende für sie und einer Messesaison für mich.

Wir fanden endlich dieses kurze Zeitfenster, als sie von einem potenziellen Kundentreffen in New York nach Hause kam und ich zu einer Messe ging.

Wir hatten unsere Flüge gebucht, damit wir beide über den Flughafen von Atlanta eine Verbindung herstellen konnten, und dafür gesorgt, dass wir ein paar wertvolle Zwischenstopps hatten.

Da war er also und wartete auf sie.

Und sie war so nah, nur wenige Minuten entfernt.

Ich begann mir Sorgen zu machen, wie der Saum des schwarzen Nachthemdes aus Spitze, das ich von Victoria's Secret trug, aussah.

Etwas total kitschiges, ich weiß.

Ich hatte keine Ahnung, was Mode angeht, und ich konnte auf keinen Fall mit Julias Sinn für Stil umgehen, also akzeptierte ich einfach die sanften Witze, die sie mir gegeben hatte, um die richtige BH-Größe zu finden.

Sie hatte mir gesagt, dass es offensichtlich war, dass mein BH für die Größe meiner Brüste zu großzügig war, sodass meine Größe größer als 36 ° C wahrscheinlich 34A betragen würde.

Dieser Affront wurde umso schmackhafter, als sie es mir erzählt hatte, während sie an meinen Brustwarzen knabberte, während ihre hellgrauen Augen mich lächelnd ansahen.

Ich würde sowieso nicht meine Standkleidung für die Firmenmesse tragen, mit dunklen Shakis und Wohnungen für unser kleines Date.

Nein, ich ging unbedingt zu Victoria's Secret und nahm dieses kleine Spitzen-Accessoire, um ihr zu zeigen, dass sie tatsächlich nicht so klein waren, wie sie schienen.

Es passte mir an den richtigen Stellen und es war rein und aufschlussreich über meine Brüste und es zeigte meine Beine und meinen kleinen Arsch perfekt.

Ich fuhr mit der Hand durch meinen Pony und warf mir meine braunen Haare über die Schultern.

Ich wollte für sie wie eine Vision sein.

Ein sexy Dessous-Model.

Unwiderstehlich.

Da war ein Klopfen an der Tür.

OMG, das passiert wirklich, dachte ich.

Ich beeilte mich und schaute durch das Guckloch, und da war sie, durch die Fischaugenlinse, lächelte ihr schiefes Lächeln und wartete.

Sie wusste, dass er sie ansah, natürlich wusste sie immer, wann sie sie ansahen.

Ich konnte alles sehr detailliert sehen.

Sie trug eine grau gestreifte Businessjacke, einen Bleistiftrock und schwarze Schuhe mit hohen Absätzen und einem markierten, spitzen Zeh.

Ihre Handgepäcktasche stand aufrecht neben ihr, und ihre klassische Markentasche war um den verlängerten Griff befestigt.

Ihr pechschwarzes Haar wurde hinter ihren Ohren gekämmt und zu einem Pferdeschwanz zurückgebunden.

Ich trat einen Schritt zurück, holte tief Luft, öffnete die Tür und stellte mich vor sie, meine rechte Hand über meinen Kopf gestreckt und einen Fuß in der Luft hinter mich gerichtet.

Tachán!

Sein Lächeln verschmolz zu einem überraschten Ausdruck und er richtete sich nach einem Moment des Schocks auf.

Dann passierte etwas anderes, ein Blick von etwas wie ... Hunger, sein Gesicht und seine Lippen teilten sich vor Erstaunen.

Ich zögerte, als sie sich Zeit nahm, mich von oben bis unten anzusehen, und das Lächeln kehrte zu ihrem Gesicht zurück.

Er sprang vor und drückte seine Lippen auf meine, drückte mich gegen die Wand neben der Tür, während ich immer noch versuchte, den Türgriff zu halten.

Ich schloss die Augen und ließ den Duft von ihr über mich hinwegspülen.

Julia schob ihre leckere feuchte Zunge an meinen Lippen vorbei und unser Mund traf eine Hitzewelle.

Sie fuhr mit den Händen über meine Seiten, strich mein Nachthemd über meine Haut, glitt an meiner Taille und um meine Hüften vorbei, wickelte sich um mein Gesäß, packte mich und zog mich näher an sich heran.

Er steckte seine Zunge wieder in meinen Mund und unsere Zähne trafen sich, drückten ihre Lippen zusammen und mein Kopf drückte gegen die Wand.

Mein Herz setzte einen Schlag aus und mir wurde plötzlich schwindelig, meine Knie standen kurz vor dem Zusammenbruch.

Ich stöhnte ein wenig.

Julia lehnte sich zurück und lächelte breit, ihre Augen leuchteten.

Ich hielt die Tür immer noch mit einer Hand offen.

Er streckte den Kopf in den Flur und sah nach links und rechts.

Die Küste war klar.

Na ja, für einen seltsamen Plünderer wäre es ein ziemlicher Anblick gewesen.

Sie griff nach ihrer Handgepäcktasche und schob sie in den Raum, wo sie herunterfiel und über den Boden rutschte und ihre Tasche öffnete.

Sie schloss die Tür hinter sich.

Ich hielt immer noch den Atem an, als sie wieder zu mir rannte und ihre Lippen über meine schloss und mich zurück in den Raum drückte.

Wir machten einen lustigen kleinen Tanz, ich stolperte rückwärts (barfuß, nicht weniger, als sie selbstbewusste Schritte unternahm), bis mein Hintern gegen die Schreibtischkante gedrückt wurde, die dem Raum gegenüber dem Fenster zugewandt war.

Ich schaffte es, ihre Anzugjacke von ihren Schultern zu ziehen, als wir uns küssten, und als ich sie auszog, fiel sie hinter sich zu Boden.

Ich fuhr mit den Händen über ihre seidig weiße Bluse und drückte meine Handflächen um den Druck ihrer BH-Cups mit Spitzenbesatz darunter.

Wir brachen unseren Kuss ab und sie sah mir tief in die Augen, als sie mit ihren Händen über meine Schenkel und unter den dünnen Saum meines Nachthemdes fuhr, bis sie die Krümmung meiner Taille spürte und auf der Suche nach dem Gummiband unter meinen Brüsten suchte.

Seine Hände umkreisten meine Titten und er drückte seine Daumen gegen meine Brustwarzen, tastete und packte mich.

Ich warf meinen Kopf zurück, stöhnte und legte meine Hände auf die Oberfläche des Schreibtisches hinter mich, um mich auf den Beinen zu halten.

Sie drehte mich abrupt herum, so dass ich mit ausgebreiteten Händen zum Schreibtisch blickte und mich darüber beugte.

Mein Nachthemd, das im Stehen kaum meinen Hintern bedeckte, rutschte ab und enthüllte meinen nackten Arsch.

Julia drückte sich an meine Seite, fuhr mit der rechten Hand über mein glattes rundes Gesäß und bedankte sich ein wenig.

Sie kicherte leise in meinem Ohr, ihr Atem war heiß und begann dann an meinem Ohrläppchen zu knabbern.

Ich musste vor Freude lachen.

Dann umfasste sie meinen Arsch mit ihrem Unterarm und drückte mich ... hoch?

Ich drehte meinen Kopf, um sie anzusehen und sie hob die Augenbrauen.

Ich erwiderte einen spöttischen Ausdruck, als sie mich immer weiter nach vorne und oben schob.

Als ich mein Knie zur Vorderseite des Schreibtisches hob, nickte sie zustimmend.

Ich bewegte meine Hände vorwärts über die Schreibtischoberfläche und hob mein anderes Knie, hob mich vom Schreibtisch und zog mich leicht nach vorne.

Julia verschwand hinter mir, als ich meinen Kopf drehte, um sie im Blick zu behalten, und bemerkte, wie sie ihre Handflächen auf mein Gesäß legte.

Ich beugte mich auf meinen Unterarmen vor, mein nackter Arsch flatterte in der Luft, mein Nachthemd war um meine Taille gewickelt.

Ich fühlte, wie seine Nase meinen Arsch kitzelte und sein heißer Atem meine exponierte Muschi kitzelte.

Yesiiiii!

Sie drückte mein Gesäß mit ihren Fingern weiter auseinander und drückte ihr Gesicht nach vorne, öffnete ihren heißen, feuchten Mund gegen meine Muschi.

Ich schnappte unwillkürlich nach Luft, als sie ihre Zunge durch meine Falten nach vorne schob und die Spitze über meinen Kitzler schob.

Meine Augen schlossen sich vor Ekstase und ich drückte die Seite meines Gesichts gegen den Schreibtisch, mein Mund hing offen in einem stillen Schrei des Vergnügens.

Ich stellte mir Julia mit ihrem Gesicht in meinem Arsch vor und taumelte, als sie weiter in ihren High Heels stand. Ihr Bleistiftrock hielt ihre Knie zusammen, als sie mich in den Mund fickte.

Seine Lippen massierten meinen süßen kleinen Hasen immer und immer wieder, seine Zunge glitt über meinen Kitzler, als er mit jedem Stoß seines Gesichts knurrte.

Meine Zehen kräuselten sich und meine Füße wanderten vom Schreibtisch weg, als ich auf meinen Knien nach vorne schaukelte, wie ein Drehpunkt, der es mir ermöglicht, mich gegen sein Gesicht zurückzudrücken, um seinem Tempo zu entsprechen.

Ich hörte glücklich zu, wie die feuchten Geräusche meiner Muschi laut gegessen wurden.

Ich ruhte mich auf meinem Gesicht aus, legte eine Hand und die andere hinter mich, zwischen meine Beine und tastete auf dem Schreibtisch.

Julia griff mit ihren Händen nach meiner und packte meine, ihr Mund klebte immer noch an meiner Muschi.

Er steckte sein Gesicht immer wieder fest in meinen Arsch, passend zu meinem Rhythmus, als er meine Muschi gegen seine massierende Zunge balancierte.

Ich schloss die Augen wieder und öffnete begeistert den Mund.

Oh Scheiße, dachte ich, das ist zu heiß, zu schnell.

Ich werde rennen.

Ich spürte, wie sich die Wellen tief in meinem Bauch sammelten und ich schnappte verzweifelt nach Luft.

Julia bewegte ihren Mund schneller, ich konnte mich angespannt fühlen, kurz vor der Explosion.

Oh Gott!

Scheiße!

JA!

Mein Orgasmus glitt durch mich wie eine Welle, dann noch eine, und ich zuckte und zuckte für lange, gestreckte Momente, als ich mich an seiner Zunge festhielt und sein Gesicht mit meinen Säften bedeckte.

KAPITEL 2

Ich sackte auf der Seite zusammen, lag keuchend auf dem Schreibtisch.

Ich lehnte mein Gesicht gegen den Schreibtisch, öffnete die Augen und sah zurück.

Julia richtete sich auf, wich zurück und fuhr mit dem Unterarm über ihren glänzenden Mund und ihr Kinn.

Sie biss sich lächelnd auf die Unterlippe und hob die Augenbrauen.

BEEINDRUCKEND.

Während sie zusah, wanderten seine Hände zu ihrem Nacken und sie begann ihre Bluse aufzuknöpfen.

Ihre schlanken Finger ließen langsam aber sicher ihre Knöpfe los.

Sie trat einen weiteren Schritt zurück, dann einen weiteren. Ihre Hüften bewegten sich, als sie sich auf den Fersen wiegte.

Sie hob ihre Seidenbluse von ihren Schultern, so dass ihr Rücken frei lag und ihr BH frei lag.

Es war ein graues Modell, geschmückt mit schwarzer Spitze, mit etwas Stecknadel.

Wie ihre Outfits war die Farbe korporativ, selbstbewusst und sachlich, aber der Stil war im Schnitt und in der Passform.

Julia senkte die Arme und ließ ihre Bluse auf den Boden gleiten.

Mein Atem verlangsamte sich und unsere Augen waren aufeinander gerichtet.

Als ich mit meinem Arm vom Schreibtisch aufstand und mich ein wenig zurücklehnte und sie ansah, griff sie mit beiden Händen hinter ihren Rücken und löste ihren BH.

Ihre kompakten Titten lösten sich, milchweiß und weich, ihre Brustwarzen dunkel, zart und hart.

Sie warf ihren Pferdeschwanz ein wenig, ihr schwarzes Haar schwankte verführerisch und sie griff hinter sich, um ihren Rock zu öffnen ...

Ich senkte meine Beine vom Schreibtisch und ging zu ihr hinüber, um die Distanz zwischen uns schnell zurückzulegen.

Mein Nachthemd kehrte an seinen Platz zurück und streichelte meine Haut, als ich mich mit bloßen Füßen näherte.

Ich griff hinter ihren Hintern, um ihre Handgelenke zu ergreifen, ihre Hände arbeiteten immer noch am Reißverschluss ihres Rocks.

Ich brach ihren Blick, ich war nur Zentimeter von ihrem Nacken entfernt und atmete ihren zarten Geruch ein.

Sie inspirierte mich auch und ich konnte fühlen, wie ihr Atem sanft meine zerzausten braunen Haarsträhnen bewegte.

Wir standen einen Moment so am Rande des Rasiermessers und zögerten, die Vorfreude zu beenden, aber wir waren gespannt auf das, was kommen würde.

Ich strich sanft mit meiner Wange über ihre, ihre kleinen Haare versetzten kleine Schocks und ich fuhr mit ihren Lippen zu meinen.

Ich half ihr beim Entpacken und ließ ihren Rock lose über ihren Hüften hängen.

Seine Hände kletterten über die Seiten meiner Beine und glitten um meine Taille.

Als sich unsere Lippen kaum berührten, trafen sich unsere Augen.

Ich starrte in ihre grauen Augen, als sie mein strahlend blaugrau anstarrte, und wir sahen uns wirklich.

Schließlich zerschlagen wir unsere Zungen und Münder, tasten mit unseren Händen und bringen unsere Körper zusammen.

Ich hatte den Vorteil, als wir auf das Bett stolperten, da sie immer noch in ihren Schuhen war und ihr Rock nach unten rutschte.

Er ließ sich fallen und setzte sich mit zusammengeknieten Knien und in die Seite gestemmten Beinen an den Fußende des Bettes.

Sie lachte und lächelte in gespielter Niederlage.

Ich kniete mich schnell zwischen ihren Beinen auf den Boden und drückte sie sanft zurück.

Ich fuhr mit den Händen über ihren angespannten Bauch, packte beide Brüste und drückte sie fest, als sie ihre Augen weitete und sich zurücklehnte, ihre Schuhe immer noch an.

Ich konzentrierte mich über ihr Gesicht auf ihren Bauch, küsste und leckte sie und drückte ihre Brustwarzen zwischen meine Daumen und Zeigefinger, bevor ich ihre Titten losließ.

Ich bewegte mich tiefer, als ich ihren Rock packte und ihn hochschob, so dass er sich um ihren Mittelteil sammelte und ihr graues Baumwollhöschen freilegte.

Ich zog meine Nase über die Vorderseite, fühlte ihre kleine Haarsträhne unter dem Stoff und atmete ihren Geruch ein, gemischt mit dem Geruch von frischer Kleidung und Flieder.

Mit meiner linken Hand zog ich ihr Höschen beiseite und schaute lustvoll auf ihre perfekten kleinen Lippen, die zarte Kapuze über ihrem Kitzler, ihre Falten feucht vor Erwartung.

Als ich meine Zunge ausstreckte und die nasse Spitze ihres Lochs durch die Falten zog und sie gegen ihren Kitzler vergrub, fühlte ich, wie sie sich vor Vergnügen auf dem Bett windete.

Ich konnte es nicht glauben.

Da war sie, nur die Cristy vom Kundendienst, eine Art Low-Level-Technik, die die Muschi dieser Göttin verehrte, dieses jungen aufstrebenden Sterns auf unserer Karriereleiter.

Wie konnte das passieren?

Ich wusste, dass ich auf der Attraktivitätsskala nicht weit dahinter war.

Alle Männer, mit denen ich zusammengearbeitet habe, fanden mich super süß und meine Dummheit machte mich begehrenswerter.

Es war gut, dass jeder wusste, dass ich eine Lesbe war, also mussten sie mich von weitem begehren.

Aber es war nicht raffiniert, es war nicht elegant.

Es war nur warm, lustig.

Einfach Cristy.

Es war eine Offenbarung gewesen, dass Julia von mir angezogen wurde.

Unsere Chemie war von Anfang an offensichtlich, aber es hätte leicht eine einfache berufliche Freundschaft sein können.

Falsches Lesen.

Die Wahrheit ist, dass ich schon über sie phantasiert habe, als wir telefoniert haben.

Sein Firmenprofilfoto hatte etwas, das mich in Fantasie herumwirbeln ließ.

Einmal vor kurzem, spät in der Nacht in meiner Wohnung, war ich in einem Screen-Sharing-Meeting mit ihr, nur wir zwei.

Wir hatten ein technisches Dokument überprüft, das ich ihm erklären musste.

Aber der Klang seiner Stimme war selbst in ungezwungenen Gesprächen so sexy, so unmerklich rau und verspielt, dass ich anfing, über mein Höschen zu reiben, ohne nachzudenken, und dann unter mein Höschen, um meine Stimme lässig und interessiert zu halten.

Ich wurde eine halbe Stunde lang super nass und es war alles, was ich tun konnte, warten, bis wir unseren Anruf getätigt hatten, bevor ich meine Hausaufgaben erledigte.

Und hier leckte sie nur wenige Monate später ihre nasse Muschi in einem Hotelzimmer am Flughafen!

Ich ließ mich am Fußende des Bettes auf die Knie fallen und betrachtete die Situation erneut.

Julia stöhnte erbärmlich, schmollend, stützte sich auf ihre Ellbogen und starrte mich mit gesenktem Gesicht an.

Sie hob ihre wohlgeformten Beine in die Luft, legte einen Daumen um ihr Höschen, hob sie gekonnt an, beugte das Knie und schob sie mit einem spitzen Zeh in ihren hochhackigen Schuhen weg.

Poesie in Bewegung, beobachte, wie ihr sexy Hintern all dies ausführt.

Ihr Rock war immer noch eng um ihre Taille.

Sie biss sich auf die Unterlippe und hob die Augenbrauen.

Gut?

Ich lächelte teuflisch.

Ich brachte mein Gesicht näher zu ihr, fuhr mit ausgestrecktem Zeigefinger nach oben und zog einen kleinen Kreis um ihren faltigen Arsch, als sie überrascht nach Luft schnappte.

Bevor ich weiter reagieren konnte, drückte ich die Spitze und begann sie hinein und heraus zu schieben.

Seine Augen weiteten sich und er nickte dankend.

Ermutigt zog ich das meiste heraus und schaffte es, meinen Mittelfinger beim nächsten Stoß zusammen mit meinem Zeigefinger über ihren Arsch zu schieben.

Ich fing auch an zu arbeiten.

Lächelnd schloss ich meine Augen und legte meinen Mund wieder auf ihre Muschi, bedeckte sie mit meiner Zunge, während ich immer wieder zwei Finger in ihren Arsch steckte.

Sein plötzliches Stöhnen machte mich verrückt.

Er warf seinen Kopf zurück auf das Bett und wurde gnadenlos von meiner Zunge und meinen Fingern gefickt.

Ich bewegte meinen Kopf gegen ihre rutschige Fotze, leckte und drehte mich, als meine beiden Finger sich an ihrem anderen Loch festzogen.

Ich habe ein wenig mit meinen Fingern "hierher gekommen" und obwohl es keinen G-Punkt auf ihrem Rektum gab, drückte sie als Antwort meine Finger mit ihrem Hintern.

Ich hielt das Tempo aufrecht und sie ruckte praktisch gegen mein Gesicht, ihre Säfte liefen jetzt runter und schmierten meine Finger an ihrem Anus.

Sein Stöhnen wurde lauter, lauter, lauter, bis er es schließlich nicht mehr ertragen konnte.

Sie quietschte vor Orgasmus und riss ihr Geschlecht krampfhaft gegen mich, bis ihre Hüften auf dem Bett zusammenbrachen.

Als sie zu Atem kam, zog ich mein Gesicht von ihrer Muschi weg und zog langsam meine Finger zurück, was ihr ein paar letzte Streicheleinheiten bereitete, als meine Finger aus ihrem Loch glitten.

KAPITEL 3

Ich lehnte mich auf den Fersen auf dem Boden zurück, geil wie immer.

Nach ein paar Augenblicken stützte sich Julia wieder auf die Ellbogen und schüttelte verwundert den Kopf über das, was gerade passiert war.

Er warf sein linkes Bein in die Luft, ließ seinen Schuh los und schickte ihn durch den Raum.

Ich lachte.

Er streckte sein rechtes Bein aus und sein anderer Schuh schoss durch den Raum und schlug gegen die Schreibtischlampe, drohte sie umzuwerfen, aber es konnte nicht.

Ich hob in gespieltem Alarm die Augenbrauen.

Julia setzte sich auf, legte die Spitze eines Fingers unter ihr Kinn und legte den Kopf schief, um mich anzusehen.

Unsere Augen trafen sich für lange Momente, und ich sah sehnsüchtig aus und liebte seine Gedanken.

Mein Mund und mein Kiefer glitzerten immer noch mit den Säften aus ihrer Muschi, und sie wischte zärtlich mein Gesicht mit ihren Händen ab und trocknete sie auf der Bettdecke zu beiden Seiten von ihr.

Sie stand zwischen meinen Knien auf und schob ihren Rock zu Boden.

Schließlich war sie völlig nackt.

Sie war immer noch auf den Knien, und ich fand ihre ordentlichen, abgeschnittenen Schamhaarsträhnen wieder auf Augenhöhe.

Ich beugte mich vor, drückte meine Nase und holte tief Luft.

July packte meine Haare sanft aber fest und zog sie von ihrem Schritt weg.

Er griff nach unten und nahm meine Hände und stand mich auf.

Er sah mir in die Augen und zog einen Riemen meines Nachthemdes und dann den anderen von meinen Schultern.

Es war so rein, so satiniert, dass ich es leicht wie einen Wasserfall bewegen konnte, bis es um meine Füße rutschte.

Und da waren wir beide, nackte Körper, heiß und bereit, Zentimeter voneinander entfernt.

Sie war perfekt und ich auch.

Ich fühlte die Hitze ihres Körpers und sie fühlte die Hitze von mir.

Unsere Brustwarzen waren auf gleicher Höhe zueinander, und ihre dunklen Brustwarzen streiften meine ganz leicht.

Er neigte sein Gesicht leicht schräg und beugte sich näher heran, so dass sich unsere Brüste zusammenzogen.

Ich öffnete hungrig meinen Mund, bereit für ihre Zunge, aber sie hielt ihren Mund quälend außer Reichweite, strich mit ihren Lippen über meine und täuschte sich vor und zurück, als sie versuchte, die Distanz zu verringern.

Zu meiner großen Überraschung rutschte sie tiefer und schlang ihre Arme um meinen Hintern, umarmte mich fest und hob mich vom Boden.

Ich quietschte vor Freude und schlug ihr auf den Rücken, als ich sie halb bedeckte.

Sie drehte sich um und warf mich auf das Bett.

Ich fiel mit einem Sprung zurück.

Sie war sofort bei mir.

Unsere Münder flachten zusammen, als sie meine schlagenden Arme an beiden Seiten meines Kopfes festhielt.

Mein Gott, sie war stark.

Ich kniff stöhnend die Augen zusammen und ergab mich ihr, und sie unterwarf mich.

Unsere Zungen waren köstlich verwirrt.

Plötzlich zog er sich von meinem Gesicht zurück, nahm mir den Atem und ging neben meinem nackten Körper und dem Gesicht nach unten auf die Knie.

Sie senkte den Kopf und tauchte in meinen Schritt.

Seine Zunge glitt über meinen Kitzler und in meinen Schlitz, tastete und suchte.

Ich war begeistert.

Julias Hintern bewegte sich neben mir in der Luft, als sie sich auf meinen Unterkörper kniete.

Ich sah ihre glänzende Muschi zwischen ihrem Gesäß hervorschauen und wusste, dass ich es noch einmal versuchen musste.

Ich griff unter ihren Bauch, packte ihre Taille und zog sie zu mir.

Sie bekam die Nachricht und rutschte nach unten, hob ihr Knie an mein Gesicht und zentrierte ihr Geschlecht auf mich, bevor sie ihre Muschi senkte.

Ihre Schamlippen schlangen sich um meinen Mund und dämpften meine leidenschaftlichen Schreie, als wir uns in unsere heißen neunundsechzig niederließen.

Wir haben in dieser Position lange, fröhliche Minuten gefickt und uns gegenseitig die Löcher geleckt.

July stützte sich auf einen Ellbogen, legte seine andere Hand auf meine Muschi und teilte seine Lippen, als er mich zärtlich leckte und seine Zungenspitze zu beiden Seiten meines Kitzlers schob.

Ich griff um ihren Hintern und spreizte ihre Wangen, als ich ihre Muschi mit meinem ganzen Mund massierte.

Ich dachte nicht an mein Vergnügen, ich ließ nur die Wellen durch mich rollen, während ich meine Zunge und Kiefer auf völlig reaktionäre Weise bearbeitete.

Es fühlte sich an, als würde jeder Zungenschlag in mir meinen eigenen Mund verkrampfen.

Nach einem Moment dieses himmlischen Austauschs ließ ich ihren Hintern los und schlang meine Arme um ihre Taille, drückte ihre Mitte zu mir.

Ich schob sie zur Seite, und wir lachten beide über die unteren privaten Regionen. Wir fielen auf die Seite, immer noch in unserer neunundsechzigsten Position.

Ich sah zu, wie July ihren Kopf nach hinten streckte, ihren Pferdeschwanz fast entwirrte, tief und dramatisch atmete und ihre Zunge zurück in mein Loch steckte.

WOAH, das fühlte sich großartig an!

Sie wand sich und schob ihre Zunge tief und trank aus meinen geheimsten Reserven, was Wellen der Leidenschaft durch meinen Körper sandte.

Das konnte NICHT überwunden werden.

Ich hob meinen Arm zwischen ihre Beine und spreizte sie weit, so dass sich eines ihrer Beine über uns bewegte.

Meine andere Hand drehte sich zwischen uns und breitete sie noch weiter aus.

Ich tauchte ein, als hinge mein Leben davon ab, als wäre dies die erste und letzte Muschi, die ich jemals schmecken konnte.

Ich würde sie ganz essen.

Sein gedämpftes Knurren an meiner eigenen Muschi sagte mir, dass ich einen guten Start hatte.

Sein Kopf drehte sich gegen meinen inneren Oberschenkel, den er als Kissen benutzte.

Ich hob mein anderes Bein, streckte mich und suchte.

Ich musste nur tief in diese Muschi gehen und sie tiefer in meine ziehen.

Ich fand Julias Bein auch in der Luft und schaffte es irgendwie, mein Knie unter ihr zu haken, während sie ihr Knie unter mein hakte.

Oh ja!

Das war's.

Ich hatte jetzt ein Gesicht voller Muschi und sie hatte ihr Gesicht gegen mein gepresst.

Wir widersetzen uns und ficken gegeneinander, nutzen unsere Hakenbeine als Hebel und arbeiten in rasendem Tempo.

Oh, wie müssen wir von der Seite schauen und noch neunundsechzig machen, aus der Vogelperspektive!

Nur ein wunderschöner menschlicher Knoten aus verwickelten Gliedmaßen und Sex.

Ich wollte den Juli mit meiner Zungenspitze probieren, und das tat ich immer und immer wieder.

Währenddessen ließ Julia, vielleicht inspiriert von meinem vorherigen Gesäßspiel, eine Hand los, schob sie unter und um meinen Hintern und schob einen Finger über meinen Arsch!

Oh Scheiße!

SCHEISSE!

Unsere Symmetrie musste vollständig sein, also steckte ich auch einen Finger in ihren Anus und arbeitete ein und aus, während ich sie aß.

Sie fing an, ihren Finger zu pumpen und füllte meine Muschi mit ihrer hartnäckigen muskulösen Zunge.

Julias schmutziges Grunzen und leidenschaftliches Stöhnen nahmen an Frequenz und Tonhöhe zu, als unser Vergnügen in Wellen und Schichten zusammenbrach.

Wir haben zusammen den Scheitelpunkt erreicht, sind uns kaum bewusst und werden so verdammt hart, so völlig wild, immer und immer wieder.

Eine Lawine köstlicher weiblicher Säfte bedeckte unsere Münder und Gesichter, während wir unsere Schreie und Krämpfe fortsetzten.

Schließlich, so süß und sanft wie es begann, begann unsere Leidenschaft zu schwinden.

Unsere Körper waren erschöpft, kleine Nachbeben des Orgasmus funkelten in unseren Muskeln wie eine statische Entladung.

Jeder von uns rollte rückwärts, voneinander weg, mit dem Gesicht nach unten, von einer Seite zur anderen und von Kopf bis Fuß.

Mit geschlossenen Augen streckte ich meine Finger aus und fand ihre Hand. Sie packte meine und verschränkte die Finger.

Ich bin sicher, ein Lächeln purer Freude bedeckte unsere Gesichter.

Unsere Herzfrequenz sank und normalisierte sich wieder.

KAPITEL 4

Genau im selben Moment kamen wir näher und setzten uns einander gegenüber auf das Bett.

Sie hob die Knie an ihr Kinn und ich tat dasselbe und hielt immer noch Hände.

Ich sah sie voll in ihren wunderschönen grauen Augen an und lächelte.

Seit seiner Ankunft hatten wir kein einziges Wort gewechselt, also sprach ich.

"Ähm, wie geht es dir?"

Wir konnten nur lachen.

ENDE

MEIN CHEF, MEIN MEISTER
ERIKA SANDERS

KAPITEL 1

Es ist neun Uhr morgens. Wie jeden Tag, wenn ich im Büro ankomme, ziehe ich mich völlig nackt aus und betrete das Büro von Mr. Anderson, meinem Chef. Ich sehe, dass er noch nicht da ist, also gehe ich zu meinem Schreibtisch und beginne mit meinen Aufgaben als seine Sekretärin. Wäre er in seinem Büro gewesen , hätte ich ihm vor Arbeitsbeginn einen blasen müssen. Da ich sicher bin, dass fast niemand verstehen wird, warum ich unter diesen Bedingungen arbeite, erkläre ich, wie es angefangen hat.

Zunächst möchte ich mich vorstellen. Ich heiße Erika, bin 25 Jahre alt und arbeite seit fünf Jahren für Mr. Anderson. Ich bin mit Glenn verheiratet, der von Anfang an mit den Vorgängen in meinem Job bestens vertraut ist. Glenn, ein paar Jahre älter als ich, ist seit unserer ersten Begegnung vor acht Jahren mein erster und einziger Freund.

Wir waren seit zwei Jahren verheiratet, als ich anfing, als Sekretärin für Herrn Anderson zu arbeiten, der für die Verkaufsvertretung einer englischen Firma in Paris zuständig war. Damals erledigte ich meine Arbeit perfekt gekleidet und ohne jeglichen Körperkontakt mit Herrn Anderson. Es war ein Job wie jeder andere Sekretär: von neun Uhr morgens bis drei Uhr nachmittags, ein besseres Gehalt als das, was sie normalerweise in anderen Firmen zahlten, und meine Aufgaben bestanden darin, seinen Terminkalender zu führen, Anrufe entgegenzunehmen und die Akten in Ordnung zu halten. Der Rest der Arbeit, wie Buchhaltung und Rechnungsstellung und sogar der Kundendienst, wurde von der Zentrale aus erledigt.

Mr. Anderson ist zehn Jahre älter als Glenn und ich hatte nie das Gefühl, dass er sich wie ein Chef verhielt, er kam mir eher wie mein Partner vor. Damals nannte ich ihn bei seinem Vornamen, Joseph, weil er es nicht mochte , wenn ich ihn „du“ nannte. Er behandelte mich immer mit großem Respekt, sogar einmal, als ich nach einer durchzechten Nacht zur Arbeit kam, ohne nach Hause gehen zu können und zu aufreizende Kleidung trug. Er gab mir nie das Gefühl, mich wegen seines Aussehens oder unangemessener Kommentare unwohl zu fühlen.

Mit der Zeit übernahm ich mehr Verantwortung und bekam mehrere Gehaltserhöhungen, während ich die Karriereleiter hinaufstieg, doch alles blieb genau so wie am Anfang, bis ich vor drei Jahren in einem liberalen Club, den ich mit meinem Mann besuchte, Joseph begegnete, als ich völlig nackt war.

Ich muss klarstellen, dass Glenn und ich Sex fast von Beginn unserer Beziehung an ohne Tabus oder Komplexe genossen haben. Wir haben unsere Wünsche oder Fantasien nie versteckt und während unserer Ehe versucht, viele davon zu erfüllen.

Wir haben es immer geliebt, gemeinsam Pornos anzuschauen und Ideen für unsere Spiele zu bekommen. Dabei stellten wir fest, dass Fetisch- und BDSM-Spiele, die anfangs sehr sanft waren, tendenziell mehr Spaß machten, bis sich unsere sexuelle Beziehung schließlich zu 100 % als Meister und Sklave entwickelte, aber mit kaum körperlicher Bestrafung, außer dem Schlag auf meinen Hintern, während er in mich eindrang.

Ohne genau zu wissen, wann oder warum, dehnte sich meine Unterwerfung als Teil unseres sexuellen Spiels auf andere Bereiche unserer Ehe aus. Unter anderem musste ich mich daran gewöhnen, zu Hause immer nackt zu sein. Er wollte, dass ich einen Rock und kein Höschen trug, wenn wir zusammen ausgingen, was er mir gelegentlich befahl, egal ob ich allein oder mit meinen Freunden war. Wenn er mich noch mehr in Verlegenheit bringen wollte, zwang er mich, an öffentlichen Orten zu masturbieren, während wir telefonierten, normalerweise in den Toiletten von Bars oder den Umkleidekabinen von Kaufhäusern.

Als wir Joseph in dem liberalen Club trafen, waren mehr als vier Jahre vergangen, seit ich mich Glenn freiwillig sexuell unterworfen und jeden sexuellen Akt ausgeführt hatte, den er mir befahl, und seit ungefähr drei Jahren gingen wir in diese Clubs, weil Glenn es genoss, mich in der Öffentlichkeit zur Schau zu stellen.

Mehrere Monate lang habe ich mich nichts weiter getan, als mich nackt zu zeigen und ihn vor den Augen aller in der Nähe sexuell zu bedienen. Fast immer habe ich ihn masturbiert oder ihm einen geblasen, aber es gab auch Zeiten, in denen ich wollte, dass sie mir beim Masturbieren zusahen.

Zu diesem Zeitpunkt unserer Beziehung war meine Libido bereits in einem solchen Zustand, dass ich ständig Lust auf Sex hatte, meine Muschi immer feucht war und es mir immer besser gefiel, dass Glenn mich mit seinen Beleidigungen erniedrigte und erniedrigte, weil ich öffentlich eingewilligt hatte, seine Sklavin zu werden, was ich ihm gegenüber bereits bei einigen Gelegenheiten gestanden hatte.

KAPITEL 2

Aber als er mir auf dem Weg zu einem dieser Orte erzählte, dass er die Möglichkeit in Betracht zog, mich anderen Männern hinzugeben, um mich zu ficken, war meine einzige Reaktion, ihm zu sagen, dass ich alles tun würde, was er befahl, während ich spürte, wie meine Klitoris vor Erregung pochte und hart wurde. Das war das erste Mal, dass mir wirklich bewusst wurde, wie sehr ich es mochte, mich wie ein Objekt zu fühlen.

Glenn brauchte ein paar Monate, bis er mich einem anderen Mann überließ, damit er mir beim Ficken zuschauen konnte. Ich fühlte mich schmutzig und gedemütigt, als ich einem Fremden erlaubte, mich vor den Augen meines Mannes zu küssen, zu berühren und in mich einzudringen, weil er es mir befohlen hatte, aber gleichzeitig empfand ich immense Lust.

Als Glenn mich einem anderen Mann übergab, waren zwei weitere Monate vergangen und ich hatte wieder genauso viel Spaß wie beim letzten Mal, aber dieses Mal empfand ich das Gefühl der Demütigung als etwas Aufregendes und bevor Glenn mich zum dritten Mal übergab, gestand er mir, dass es das Aufregendste war, was er je erlebt hatte, mir dabei zuzusehen, wie ich einen anderen Mann fickte. Also war es von Anfang an üblich, dass ich mich, sobald ich den Club betrat, auszog und meine High Heels und manchmal Strümpfe mit Strumpfband anbehielt. Also musste ich an die Bar gehen, um Getränke zu bestellen, während Glenn lustvoll zusah, wie die Männer auf mich zukamen und versuchten, mit mir zu flirten. Viele berührten dabei mit ihren zu langen Händen meinen Arsch oder meine Titten und es war mir verboten, ihre Berührungen zurückzuweisen oder ihnen auszuweichen, egal wie gewagt sie waren.

Während wir den ersten Drink tranken, masturbierte er mich gern, ohne mich kommen zu lassen, und fragte mich, ob ich es vorziehen würde, wenn er mich einem bestimmten Mann gäbe. Fast immer antwortete ich, dass es mir egal sei, mit wem ich es täte, weil er mein Besitzer sei. Dann ließ er mich den zweiten Drink holen und jeden, den Glenn ausgesucht hatte, an unseren Tisch einladen. Als wir bei uns waren, erklärte Glenn unser Spiel und bot mir an, ihn in seiner Gegenwart zu ficken, was er nur einmal ablehnte.

Das Treffen mit Joseph fand während der Eröffnung eines neuen Lokals statt. Es war wirklich sehr gut eingerichtet und gut besucht. Wir setzten uns wie üblich an einen Tisch, ich zog mich aus und ging Getränke bestellen. Während ich an der Bar wartete, machten mir mehrere Männer Avancen und begrapschten mich, was ich natürlich ohne Protest hinnahm.

Es waren so viele Leute da, dass ich fast zehn Minuten an der Bar wartete, und natürlich wurden sie immer erregter, wenn sie mich berührten und ich nichts dagegen hatte, und berührten mich immer weniger zurückhaltend. Während des Wartens unterhielt ich mich mit dem Mann zu meiner Rechten, der mir sagte, sein Name sei Allan, und als sie mir endlich die Getränke gaben , hatte er seine Hand schon eine Weile zwischen meine Beine gesteckt und bearbeitete ziemlich gekonnt meine Klitoris, sodass die Flüssigkeit aus meiner Muschi an meinen Schenkeln heruntertropfte, was ihm offensichtlich gefiel.

Ich nahm die Gläser und sagte ihm höflich, dass ich zu meinem Mann zurück müsse, wir uns aber vielleicht später sehen könnten. Ich gab ihm zwei Küsse und ging zu unserem Tisch. Ich wusste, dass es für Glenn bei dieser Gelegenheit schwierig gewesen wäre, zu sehen, was passiert war, also musste ich es ihm sagen. Was ich mir nicht hätte vorstellen können, war, dass ich Joseph, meinen Chef, vorfinden würde, als ich mich umdrehte, und ich weiß nicht, wer überraschter und desorientierter war, ich aus Angst, dass dies meine Arbeit beeinträchtigen könnte, oder er, weil er seine Sekretärin nackt in einem liberalen Club voller Leute gesehen hatte. Das heißt, wenn er nicht gemerkt hätte, was mit diesem Allan-Typen passiert war.

Wir versuchten beide, uns trotz der Überraschung natürlich zu verhalten, wir küssten uns zweimal und ich konnte nicht anders, als ihn an unseren Tisch einzuladen, um Glenn zu grüßen, der fast genauso überrascht war wie ich, als er mich in Begleitung meines Chefs ankommen sah.

Sie schüttelten sich die Hände, sprachen über den Zufall, dass sie sich hier gefunden hatten, und wir setzten uns. Ich saß Joseph gegenüber und schlug die Beine übereinander, um meine Muschi nicht zu sehr zu entblößen, aber Glenn deutete mir mit den Augen an, dass ich das nicht tun sollte, also nahm ich die Beine wieder auseinander und spreizte sie ein wenig. Der arme Joseph tat nichts, außer zu vermeiden, auf meine Titten und meine Muschi zu schauen, eine Situation, die mir immer besser gefiel.

Meine Erregung hatte natürlich auch viel mit dem Handjob zu tun , den Allan mir verpasst hatte, während ich auf die Getränke wartete. Glenn und ich tauschten Blicke und er bemerkte schnell alles. Außerdem ließ der Glanz, den die Flüssigkeit an der Innenseite meiner Schenkel verlieh, keinen Zweifel aufkommen. Als Joseph also sagte, er wolle etwas zu trinken holen, stand ich vor ihm auf und sagte ihm, dass ich ihm bringen würde, was auch immer er trinken wolle. Er versuchte, selbst zu gehen, aber Glenn bestand darauf, dass ich ginge, damit sie sich ein wenig unterhalten könnten.

Ich ging zurück zur Bar, dort waren noch mehr Leute als zuvor und auf den wenigen Metern, die ich dorthin ging, begrapschten mich fast alle Typen, an denen ich vorbeikam, und rieben sich nach Belieben an mir.

Ich sah, dass Allan an derselben Stelle war wie zuvor und ich stellte mich wieder neben ihn. Sein Gesichtsausdruck, als ich ihn begrüßte, ließ vermuten, dass er dachte, ich würde ihn an diesem Abend ficken oder ihm zumindest einen blasen. Er war sehr enttäuscht, als ich ihm die Situation erklärte, aber das bereitete ihm keine Probleme, als er seine Hand wieder in meine Muschi steckte. Dieses Mal berührte er nicht nur meine Klitoris, sondern drang auch mit mindestens ein paar Fingern in mich ein, sodass es mir schwerfiel, mich davon abzuhalten, genau dort zu kommen.

Während ich mit ihm zusammen war, fragte er mich ständig nach meiner Beziehung zu Glenn und unseren Vorlieben in der liberalen Welt. Ich versuchte, ihm nicht zu viele Details zu verraten, verbarg aber auch nicht vor ihm, dass ich Glenn gegenüber unterwürfig war, dass er es liebte, mit mir anzugeben und mir beim Ficken mit anderen Männern zuzusehen, und dass mir das genauso gefiel wie meinem Mann.

Endlich, nach fast fünfzehn Minuten, gaben sie mir mein Getränk. Ich sagte Allan, dass ich zu meinem Tisch zurückgehen müsse, aber leider könne ich das nicht tun, wenn er seine Finger in meiner Muschi habe. Er lächelte, als er sie langsam herauszog. Wir verabschiedeten uns mit zwei Küssen und ich bat ihn, dem Kellner seine Telefonnummer zu hinterlassen, damit ich ihn anrufen könne, falls mein Mann ihn später treffen wolle.

Joseph und Glenn saßen nebeneinander und ließen den Platz vor ihnen frei. Ich gab Joseph seinen Drink und setzte mich, wobei ich meine Beine ein wenig spreizte. Glenn fragte mich, ob irgendetwas Interessantes passiert sei, während ich Getränke bestellte. Da Joseph da war, zögerte ich, ihm alles zu erzählen, aber Glenns Blick machte mir klar, dass ich nichts für mich behalten sollte, also erzählte ich ihnen alles, was bei meinen beiden Besuchen an der Bar passiert war, in allen Einzelheiten und spreizte dabei meine Beine ganz, damit sie sehen konnten, wie nass ich war.

Glenn hörte mir gerne zu und Joseph schien ruhiger, zeigte aber dennoch eine gewisse Bescheidenheit, indem er sich zu sehr auf meinen nackten Körper konzentrierte. Ich für meinen Teil genoss es, vor Joseph anzugeben, der, der Beule in seiner Hose nach zu urteilen, einen ziemlich großen Schwanz haben musste und wollte, dass Glenn mich ihm gab.

Während ich ihm auf die aufregendste Art und Weise erzählte, was passiert war, masturbierte ich vor seinen Augen und Glenn machte ständig Bemerkungen gegenüber Joseph darüber, was für eine Exhibitionistin ich sei, wie gerne ich fickte und wie gut ich seinen Anweisungen folgte. Joseph konnte kaum etwas anderes als ein „ähm" oder ein „puh" beantworten und Glenn hielt sich auch nicht zurück, wenn es darum ging, mich als „meine Hure" oder ähnliche Adjektive zu bezeichnen.

Am Ende meiner Geschichte wollte ich kommen, aber dafür brauchte ich Glenns Erlaubnis. Ich hörte zu, als er Joseph erklärte, dass er mir verboten hatte, ohne seine Erlaubnis zu kommen, und dass er mich normalerweise zwang, meinen ersten Orgasmus eine halbe Stunde oder länger zu kontrollieren, aber angesichts der besonderen Natur der Situation entschied er, ob er mich kommen sehen oder mein Verlangen länger aufrechterhalten wollte. Zum Glück sagte er mir, ich solle kommen, und ich hatte einen brutalen Orgasmus, weil ich dachte, ich würde es vor meinem Chef tun.

Glenn wartete, bis ich mich ein wenig erholt hatte, bevor er mir befahl, Joseph sexuell zu befriedigen. Ohne etwas zu sagen, näherte ich mich meinem Chef und lächelte so sinnlich wie möglich. Ich brachte meine Titten näher an sein Gesicht, während ich seine Hände nahm und sie auf meinen Hintern legte. Dann ging ich hinunter, um ihn auf den Mund zu küssen und steckte meine Zunge so tief hinein, wie ich konnte. In diesem Moment ließ Joseph los und erwiderte meinen Kuss leidenschaftlich. Er streichelte meinen Körper nach Belieben mit seinen Händen, während ich sein Paket ergriff und bestätigen konnte, dass ich einen der größten Schwänze bis zu diesem Moment genießen würde.

Vor dem Ficken liebe ich es, den Schwanz zu lutschen und zu schmecken, der später meine Muschi ausfüllen wird, besonders wenn er so schön ist wie der von Joseph, also kniete ich mich zwischen seine Beine, knöpfte seine Hose auf und begann mit meinem Blowjob.

Ich steckte Josephs Schwanz so tief in mich hinein, wie ich konnte, so tief, dass ich kaum atmen konnte und sogar würgen musste, als ich ihn in meinem Rachen spürte, etwas, das ich bis dahin nur mit Glenn gemacht hatte, der auch einen großen Schwanz hatte, wenn auch nicht so groß wie Josephs. Während ich es tat , hörte ich zu, wie Glenn vor Joseph damit prahlte, wie gut und hemmungslos ich sexuell sei, wie bereitwillig ich in den Arsch penetriert werden wollte und wie sehr ich es genoss, wie eine Hure behandelt zu werden, aber als er ihm sagte, dass er mich ohne Kondom ficken und kommen könne, wo immer er wolle, wenn ich ihm vollkommen vertraue, brachte er mich fast noch einmal zum Kommen.

Da ich spürte, dass Joseph gleich kommen würde, steigerte ich die Intensität meines Blowjobs und er legte seine Hände auf meinen Kopf und befahl mir, auch den letzten Tropfen zu schlucken, „wie es von Schlampen verlangt wird".

Der Cumshot war reichlich und der erste, den ich schluckte, war nicht von meinem Mann. Ich behielt Josephs Schwanz in meinem Mund und saugte jeden letzten Tropfen Sperma aus ihm heraus, den ich herausbekommen konnte, bis er seine Erektion verlor. Die lange Zeit, die er dafür brauchte, gab mir Hoffnung, dass ich diesen Schwanz und seinen Besitzer noch eine ganze Weile genießen würde.

Als ich spürte, dass er, obwohl noch immer beträchtlich groß, nicht mehr ganz hart war, nahm ich ihn aus meinem Mund, küsste die Knospe liebevoll und dankte Joseph mit einem Lächeln auf dem Gesicht, wobei ich ihm anbot, ihn für den Rest der Nacht auf jede erdenkliche Weise zu verwöhnen.

Sein Gesichtsausdruck hatte sich verändert, man konnte sehen, dass er nicht mehr unsicher war, sondern die Situation unter Kontrolle hatte. Er wandte sich an Glenn, dankte ihm für seine Großzügigkeit und gratulierte ihm dazu, „eine so gut ausgebildete und erfahrene Hure zu besitzen". Sie redeten weiter über mich, als wäre ich nichts weiter als ein Sexobjekt in ihren Diensten, und ignorierten mich, als wäre ich nicht da, außer als ich aufstehen wollte, um zu meinem Platz zurückzukehren, und

Joseph mir befahl, auf den Knien zu bleiben, während sie das Gegenteil sagten. Die Veränderung in Joseph überraschte mich ein wenig, aber angesichts der Komplizenschaft, die Glenn mit meinem Chef zeigte, maß ich ihr keine große Bedeutung bei.

Nachdem wir ein paar Minuten geplaudert hatten, fragte Joseph Glenn, ob er noch etwas zu trinken möchte, und sagte mir, ich solle es holen.

KAPITEL 3

Das Lokal war etwas ruhiger, es war immer noch ziemlich voll, aber die Kellner waren nicht mehr so beschäftigt wie zuvor. Ich bat denselben Kellner, der mich die letzten Male bedient hatte, um Getränke. Während ich wartete, kamen ein paar Jungs, jünger als ich, auf mich zu, versuchten mit mir zu flirten und berührten mich ohne Zurückhaltung. Ich ließ sie gewähren, während ich mit ihnen sprach und ihnen klar machte, dass sie sich keine großen Hoffnungen auf mich machen sollten, da ich bereits mit meinem Mann und meinem Chef zusammen war. Als der Kellner mir die Getränke brachte, gab er mir auch einen Zettel mit Allans Telefonnummer darauf. Ich bedankte mich und ging zurück zum Tisch, wobei ich mich von den Jungs mit zwei Küssen für jeden verabschiedete.

Nachdem ich ihnen die Brille gegeben hatte, befahl mir Joseph, Glenn einen zu blasen, „wie es die Pflicht einer guten Ehefrau ist, die so nuttig ist wie du", bevor er mich weiter benutzte. Natürlich gehorchte ich, ohne etwas zu sagen, und ich gab mir so viel Mühe wie möglich bei diesem Blowjob.

Der Rest der Nacht war spektakulär. Joseph fickte mich noch dreimal und kam jedes Mal in mir. Einmal fickte er meinen Arsch, während Glenn meine Muschi fickte, und ich musste ihre Schwänze nach jedem Cumshot mit meiner Zunge sauber lecken , bevor ich mir weitere Drinks holen konnte. Natürlich begrapscht mich jedes Mal, wenn ich etwas trinken ging, nach Belieben jemand, und ich glaube nicht, dass ich jemals bei einer anderen Gelegenheit von so vielen Fremden oder auf so obszöne Weise begrapscht worden bin.

Montag ins Büro kam, war ich mir nicht ganz sicher, was passieren würde, wenn ich Joseph treffe. Ich hoffte, er würde keinen Fehler machen und in der Lage sein, das, was in dieser Nacht passiert war, von unserer

Arbeitsbeziehung zu trennen, aber sein Verhalten war dasselbe wie immer. Er erwähnte nicht ein einziges Mal, was in der letzten Nacht passiert war, und ich war ziemlich ruhig, obwohl ich zugeben muss, dass meine Muschi jedes Mal pochte, wenn ich ihn ansah, wenn ich mich daran erinnerte, wie gut er mich gefickt hatte.

Als ich nach Hause kam , erzählte ich Glenn von meinen Ängsten wegen Josephs Verhalten bei der Arbeit, nachdem er mich gefickt hatte. Mein Mann sagte mir, dass sie dieses Thema bereits am Anfang des Abends besprochen hatten, und stellte auch klar, dass ich mich normalerweise nicht mehr als ein- oder zweimal derselben Person hingab, obwohl er mir gegenüber zugab, dass er davon fantasiert hatte, dass Joseph meine Unterwerfung jederzeit und mit der gleichen Hingabe genießen könnte, die ich ihm gegenüber empfand. Als ich ihm zuhörte, bemerkte ich, wie meine Muschi wieder feucht wurde, aber ich verbarg es mit dem Argument, dass es nicht gut wäre, Arbeit und Vergnügen zu vermischen, obwohl ich mich nicht beschweren könnte, wenn ich mich Joseph öfter hingeben würde.

KAPITEL 4

Wochen später erzählte mir Glenn, dass er mit Joseph darüber gesprochen hatte, wie sehr er es geliebt hatte, ihm dabei zuzusehen, wie er mich fickte. Joseph schlug vor, das Treffen am nächsten Samstag zu wiederholen, und in den folgenden Monaten wiederholte sich dies, bis Glenn und Joseph mich ein Jahr später jeden Samstag fickten. Offensichtlich behandelten mich sowohl Joseph als auch Glenn wie ihre Hure, jedes Mal auf eine erniedrigendere und entwürdigendere Art, was meine Unterwerfung vollkommener und lustvoller machte. Manchmal übergaben sie mich sogar einem Fremden, damit er mich in seiner Gegenwart fickte.

Ungefähr zu dieser Zeit fragte mich Glenn nach einem dieser Samstage, an denen ich sie beide unter Kontrolle gebracht hatte, ob ich es nicht satt hätte, bei der Arbeit so zu tun, als sei Joseph nur mein Chef, und die Wahrheit ist, dass er in gewisser Weise recht hatte. Es wurde immer dümmer, so zu tun, als hätten wir keine andere Beziehung als die zwischen Chef und Angestelltem, während Joseph in Wirklichkeit jeden Samstag mein zweiter Chef geworden war.

Ich antwortete ja, dass ich Joseph bei vielen Gelegenheiten gerne als meinen Liebhaber und nicht als meinen Chef begrüßen würde, wenn ich im Büro ankäme, und mehr als einmal hätte ich ihn sogar gerne in seinem Büro gefickt. Glenn hatte nicht nur nichts dagegen, dass Joseph und ich lange Zeit alleine fickten, es war seine Idee gewesen, dass wir das taten.

Also lud Glenn Joseph am darauffolgenden Montag zum Mittagessen ein, um seine Meinung zu der Angelegenheit zu hören. Er stimmte zu, war aber nicht ganz überzeugt von den Grenzen, die sich ergeben würden, wenn wir uns dazu entschließen würden, die beiden Welten zu vermischen. Da er am nächsten Tag zur Besprechung der Vertriebsmitarbeiter in die Zentrale nach Barcelona musste, würde er drei oder vier Tage weg sein, und er sagte, er würde es vorziehen, in diesen Tagen darüber nachzudenken, um eine Entscheidung treffen zu können.

Als er am darauffolgenden Freitag zurückkam, lud uns Joseph zum Mittagessen ein, um über unsere Beziehung zu sprechen. Er sagte, er sei entzückt darüber , er fühle eine große Verbundenheit mit Glenn, er betrachte ihn als einen seiner besten Freunde und er liebe es, mich zu ficken, besonders die Tatsache, dass ich mich gern unterwerfe und mich wie eine Hure benehme. Er gestand, dass er schon lange vor unserer Begegnung eine Fantasie hatte und dass er nach dem vorherigen Gespräch mit Glenn zum ersten Mal in seinem Leben glaubte, dass es möglich sei, sie wahr werden zu lassen.

„Zunächst einmal möchte ich klarstellen, dass dies etwas sehr Extremes ist und unser soziales und familiäres Leben beeinträchtigen wird, aber wenn ich erkläre, was es ist, wird Erika nichts dazu sagen können und nur Glenn als Erikas Besitzer wird eine Entscheidung treffen können. Wenn Sie sich entscheiden, das Angebot nicht anzunehmen, wird alles so weitergehen wie bisher, sowohl bei der Arbeit mit Erika als auch außerhalb der Arbeit mit beiden. Wollen Sie wissen, was ich meine?", sagte Joseph.

Wir sahen uns an und sagten ja.

„Gut, aber bitte, Glenn, lass mich bis zum Ende sprechen, ohne dich zu unterbrechen ...

„Ich schlage vor, Erika mir zur Verfügung zu stellen, sie zu unterwerfen und sie buchstäblich in eine Hure zu verwandeln. Dazu werden Sie und ich einen Vertrag unterzeichnen, in dem Sie mir Erika als Hure vermieten, im Austausch für eintausendfünfhundert Euro pro Monat plus dreißig Prozent des zusätzlichen Einkommens, das ich durch ihre Prostitution erziele. Ich werde sie an direkte Kunden prostituieren oder mit Zuhältern verhandeln können, damit diese sie gegen eine Provision prostituieren, einschließlich Bordellen, Begleitagenturen oder als Verhandlungsmasse, um Geschäftsabschlüsse zu erzielen, wann und wie ich es wünsche.

„Dies würde nur während der Arbeitszeit gelten, die von Montag bis Freitag von neun Uhr morgens bis fünf Uhr nachmittags dauert. Ich werde Ella auch für eine Reise von bis zu drei aufeinanderfolgenden Tagen pro Monat plus einen 36-stündigen aufeinanderfolgenden Arbeitstag pro Woche einsetzen können, mit Ausnahme der Woche, in der wir die Reise machen. Sie wird immer freie Wochenenden haben, es sei denn, sie werden mit Ihrer vorherigen Zustimmung als Überstunden angerechnet oder wenn die monatliche Reise an einem Samstag endet oder an einem Sonntag beginnt. Während der festgelegten Stunden werde ich die volle Macht über Erika haben und sie wird nur mir gehorchen.

„Im Büro werden Sie weiterhin die gleiche Arbeit verrichten wie bisher, aber Sie werden mich mit Mr. Anderson ansprechen und ich werde sie natürlich ansprechen können, wie ich es für richtig halte, egal wie demütigend oder erniedrigend das für Sie sein mag."

„Wenn Sie in meiner Gesellschaft sind, einschließlich Ihrer Fahrten zum und vom Büro, werden Sie die aufreizendste Kleidung tragen, die Sie tragen können, ohne wegen eines öffentlichen Skandals verhaftet zu werden, enge Kleidung, möglichst kurze Röcke und dünne oder durchsichtige Blusen. Das Tragen von Unterwäsche sowie Hosen, Strumpfhosen, Feinstrickhosen oder anderer Kleidung, die Ihre Muschi nicht zugänglich lässt, ist Ihnen untersagt, natürlich immer mit Stilettos und gut geschminkt.

„Wenn Sie im Büro ankommen, ziehen Sie sich sofort aus, bis auf Ihre Schuhe, und bleiben so bis zum Ende Ihres Arbeitstages. Selbst wenn jemand anklopft, müssen Sie nackt und ohne sich zu verstecken die Tür öffnen.

„Jeden Tag bläst sie mir einen, sobald ich ins Büro komme. Sobald sie nackt ist , kommt sie dafür in mein Büro. An den Tagen, an denen ich nicht da bin, macht sie es mit mir, sobald sie mich zur Tür hereinkommen sieht.

„Ich werde entscheiden können, ob Erika tätowiert, beringt oder sogar wie ein Stier gebrandmarkt wird. Auch werde ich das Recht haben, ihr körperliches Erscheinungsbild durch Haarschnitte oder Schönheitsoperationen zu verändern, wenn ich das wünsche."

„Ich darf es innerhalb der festgelegten Zeiträume ausstellen, verleihen, vermieten und mit jedem teilen, den ich möchte. Die Ausstellung kann privat oder öffentlich stattfinden und ich darf auch in Striptease-Lokalen, Peepshows und Pornoshows auftreten, einschließlich der Aufnahme von Videos und Fotos mit sexuellem Inhalt für den kommerziellen Vertrieb. In diesem Fall gehen 75 Prozent der Einnahmen aus den Bildrechten an Sie und 25 Prozent an mich.

„Die Laufzeit des Vertrags ist unbefristet, obwohl Sie oder ich ihn jederzeit einseitig kündigen können, jedoch immer unter Beachtung der Verpflichtungen, die Erika bereits für die folgenden fünfzehn Tage nach dieser Kündigung eingegangen ist, und unter der Annahme, dass sämtliches pornografisches Material mit Erika in der Hauptrolle ohne zeitliche und örtliche Begrenzung von denjenigen verbreitet wird, die über die Vermarktungsrechte verfügen.

„Wie du siehst, ist das nichts, was man auf die leichte Schulter nehmen sollte, und es ist am besten, wenn du sorgfältig darüber nachdenkst. Wenn du Erikas Meinung wissen willst, ist das dein gutes Recht, aber es interessiert mich nicht im Geringsten. Wenn du akzeptierst, wird Erika für mich ein einfaches Sexobjekt sein. Was uns betrifft, würde ich gerne die gleiche Freundschaft fortsetzen, die wir haben, quatschen, etwas trinken gehen, essen und alles tun, worauf wir Lust haben, sogar zu Huren gehen, aber allein. Bei Erika würde ich mich auf das beschränken, was im Vertrag steht, und wir würden sie selten gemeinsam benutzen.

Dass Glenn so etwas zustimmte, erschien mir zu hart, schließlich würde er damit im Prinzip zulassen, dass ein anderer Mann seine Frau öffentlich zur Hure macht. Gleichzeitig fand ich es aber auch unglaublich makaber und Glenn war, aufgrund der Erektion, die ich bemerkte, als ich seinen Schwanz berührte, genauso erregt wie ich, wenn nicht sogar noch mehr.

Den Rest des Essens hörte ich Glenn und Joseph zu, wie sie über die Konsequenzen sprachen, die die Umsetzung so etwas mit sich bringt. Ich tat es, ohne ein Wort zu sagen, außer um ihre Fragen zu beantworten, und zwar auf die knappste und unterwürfigste Art und Weise, die mir möglich war. Damit zeigte ich unbewusst meine Bereitschaft, diesen Schritt zu tun. Denn obwohl ich damit rechnete, dass Glenn mich fragen würde, was ich tun wollte, wollte ich ihm die Entscheidung ohne Widerstand oder Bedingungen überlassen. Zu lange hatte ich mehr Freude daran gehabt, mich Glenn zu unterwerfen, einschließlich der ständigen Demütigungen und Erniedrigungen, als meine eigenen Entscheidungen zu treffen.

KAPITEL 5

Dieses Wochenende war das erste seit Jahren, das wir allein zu Hause verbrachten und ohne dass mich jemand fickte. Glenn war den ganzen Freitag und den größten Teil des Samstags abwesend und überlegte wahrscheinlich, ob er mich Joseph überlassen sollte und ob ich das wirklich wollte, denn sobald wir allein waren, bevor er etwas sagen konnte, sagte ich ihm, dass ich ihm gehöre und ihm in allem gehorchen würde, egal, welche Konsequenzen meine Handlungen haben würden.

Schließlich sagte er am Samstagnachmittag, ich müsse eine Frage beantworten, bevor ich eine Entscheidung treffen könne. Ich stimmte zu und er sagte:

„Als was betrachten Sie sich wirklich, als Hure oder als liberale Frau?", sagte Glenn.

„Eine Hure"

Ich antwortete ohne Zögern und mit der festen Absicht, dass er zustimmen würde, mich Joseph zu überlassen. Er sah mich an und sagte mir, dass er Joseph am nächsten Montag anrufen würde, um die Einzelheiten des Vertrags zu formalisieren. Sie würden es ohne meine Anwesenheit tun, da ich ihm meine absolute Unterwerfung sehr deutlich gemacht hatte. Meine Meinung zählte nicht das Geringste. Sobald der Vertrag unterschrieben war, würde ich über meine Verpflichtungen informiert und er befahl mir, seinen Schwanz zu lutschen, was ich tat, erfreut und aufgeregt über das neue Leben, das mich erwartete.

Den Rest des Wochenendes fickte Glenn mich, wie er es schon lange nicht mehr getan hatte, und wiederholte ständig Dinge wie, dass er endlich Geld damit verdienen würde, mit einer Hure verheiratet zu sein, und dass bald jeder wissen würde, dass ich tatsächlich eine Hure sei und ähnliche Dinge.

Ich gebe zu, dass ich beim Zuhören von Glenns Worten, beim Nachdenken über alles, was Joseph von mir verlangen könnte, und beim Fühlen von Glenns Schwanz, der härter war als je zuvor, so oft gekommen bin, dass ich den Überblick verloren habe. Zwischen den Ficks musste ich alle von Joseph verbotenen Kleidungsstücke aus dem Schrank holen und in eine Tasche packen. Glenn hat sogar ein paar weggeworfen, die noch gültig gewesen wären, ihm aber „zu anständig für eine Hure" erschienen.

KAPITEL 6

Am Montag ließ Glenn mich einen sehr engen Minirock tragen, der meinen Hintern kaum bedeckte, eine schwarze, fast durchsichtige Bluse und High Heels, natürlich ohne Höschen oder BH. Und da das Wetter schon schön war, ließ er mich ohne weitere Kleidung gehen.

Aber natürlich war es morgens um halb neun etwas kühl und sobald ich auf die Straße ging, wurden meine Brustwarzen hart und standen perfekt von meiner dünnen Bluse ab. Ich versuchte, so natürlich wie möglich auszusehen, aber ich bemerkte, wie mich alle Jungs anstarrten, einige nutzten das sogar aus, indem sie ihr Paket an meinem Hintern rieben.

Ich kam um fünf vor neun im Büro an, zog mich aus, wie Joseph, Entschuldigung, Mr. Anderson es befohlen hatte, ging in sein Büro, sagte ihm guten Morgen und kniete nieder, um ihm den richtigen Blowjob zu geben, bis er in meinen Mund kam. Ich schluckte jeden letzten Tropfen und leckte seinen Schwanz sauber.

Ich fragte ihn, ob er noch etwas wolle, und sagte ihm, dass Glenn mit ihm zu Mittag essen wolle, um ein paar Details meines Liefervertrags zu besprechen. Ich musste den Tisch selbst reservieren und Glenn mitteilen, wo er mit Mr. Anderson essen würde.

Der Rest des Morgens verging wie jeder andere Morgen, abgesehen davon, dass ich nackt war und Mr. Anderson mich ein paar Mal in sein Büro schickte, um mich anzufassen und mich mit meiner Zukunft als Hure zu demütigen. Die Mittagszeit kam mir wie eine Ewigkeit vor, wenn ich darüber nachdachte, worüber sie sprachen, und als sie um halb fünf an die Tür klopften , wusste ich nicht , was ich tun sollte. Sie klopften erneut und dann ging ich schnell hin, um sie zu öffnen, wie es mir befohlen worden war, nackt.

Glücklicherweise waren es Mr. Anderson und Glenn, die gekommen waren, um den Vertrag zu unterschreiben und mir zu erklären, welche Verpflichtungen ich letztendlich hätte. Sie gingen in Mr. Andersons Büro und plauderten eine Weile. Ich konnte nicht hören, worüber sie sprachen, aber ich hörte sie mehrmals lachen, bevor sie mich zurückriefen.

Glenn gab mir den Vertrag, den sie beide bereits unterzeichnet hatten, zum Lesen. Er enthielt im Wesentlichen das, was Mr. Anderson am vergangenen Freitag gesagt hatte. Es gab lediglich ein paar Klauseln, die den Beginn gewisser Aktivitäten regelten, wie zum Beispiel mein öffentliches Auftreten und das Auftreten in erotischen Shows, das nicht vor Ablauf von drei Monaten beginnen würde. Auch würde ich mich nicht vor Ablauf von sechs Monaten prostituieren und ein Jahr würde vergehen, bevor Bilder oder Aufnahmen mit mir in der Hauptrolle kommerziell vertrieben würden.

Was die körperlichen Veränderungen betraf, mussten diese immer im Voraus von Glenn genehmigt werden. Ich sagte, ich verstünde alles, dankte Glenn für sein Vertrauen in mich und Herrn Anderson für seine Großzügigkeit, meinem Mann das Angebot zu machen.

Dann befahl er mir, mich vor seinen Tisch zu stellen, ihm ganz zugewandt, mich nach vorne zu beugen, bis mein Oberkörper darauf ruhte, und meine Beine zu spreizen, damit Glenn mich in den Arsch ficken konnte, während ich spürte, wie mein Mann mich härter anal penetrierte als je zuvor, einschließlich kräftiger Schläge auf meinen Hintern, die mir am Ende wirklich weh taten. Ich musste vollkommen still sitzen und Mr. Anderson in die Augen sehen, während er mir die Vielzahl der Demütigungen und Erniedrigungen aufzählte, die alles bisher Erlebte bei weitem übertrafen und denen ich von diesem Moment an ausgesetzt sein könnte, wie zum Beispiel die Möglichkeit, bei Partys und Orgien als Pissoir benutzt zu werden.

Endlich spürte ich, wie Glenn in meinen Arsch spritzte. Ich freute mich auch darauf und bat Mr. Anderson um Erlaubnis. Er gab sie mir, ohne sich von der Stelle zu bewegen und überließ es Glenn, mich zum Abspritzen zu bringen, wenn er wollte. Der Bastard ließ mich leiden, indem er mit Mr. Anderson diskutierte, ob ich den Preis für eine gute Hure verdient hatte oder ob es besser wäre, mich mehrere Tage so zu lassen.

Mein Mann hatte mich immer gern gezwungen, meine Orgasmen zurückzuhalten, aber nie länger als ein paar Stunden. Allein der Gedanke, dass er mich so verlassen würde, machte mich verrückt. Zusammen ließen sie mich um diesen Orgasmus betteln, bis Glenn mir, nachdem er fast eine Stunde lang meine Muschi mit Unterbrechungen masturbiert hatte und verzweifelt kommen wollte, endlich einen so starken Orgasmus verschaffte, dass ich ohnmächtig wurde.

Als ich wieder zu mir kam, war ich allein, alle Lichter außer der Tischlampe waren aus und direkt vor meinem Gesicht lag ein Umschlag mit der Aufschrift „Für die Hure". Ich öffnete ihn und las Glenns Nachricht, in der er mir sagte, ich solle nach Hause gehen. Er würde später nach Hause kommen, weil er mit Mr. Anderson zu Abend essen würde, um die Vertragsunterzeichnung zu feiern. Er sagte mir auch, dass ich mich jederzeit an Mr. Andersons Kleiderordnung halten würde und dass er mich an diesem Abend über einige der Regeln informieren würde.

KAPITEL 7

Seitdem ist mehr als ein Jahr vergangen und ich genieße immer noch jeden Tag Sex mit Glenn, außer wenn ich mit Mr. Anderson unterwegs bin oder einen 36-Stunden -Tag habe. Wir gehen immer noch gelegentlich in liberale Clubs, aber Glenn sucht sich jetzt die ältesten und hässlichsten Männer, die er kriegen kann, weil ich mir seiner Meinung nach so besser bewusst bin, dass ich nichts weiter als eine Sexsklavin bin. Fast alle Nachbarn haben mich nackt in unserem Haus gesehen, da ich die Pflicht habe, den Müll täglich völlig nackt rauszubringen. Er hat mich sogar gelegentlich an einige Nachbarn prostituiert.

Mit Mr. Anderson ist der Vertrag unterschrieben. In den letzten Monaten hat Glenn Mr. Andersons Vorschlägen zugestimmt, mir Brustwarzen und Muschi piercen zu lassen und mir den Satz „ICH BIN EINE SKLAVIN UND EINE HURE“ auf den Schambereich tätowieren zu lassen. Ich erledige derzeit mindestens drei Hurendienste pro Woche direkt für Mr. Anderson und bin außerdem alle zwei Wochen eine Nacht lang Prostituierte in einem Bordell. In der Woche, in der ich nicht ins Bordell gehe, gebe ich an verschiedenen Orten Erotik- oder Pornoshows.

Ich habe in mehreren Pornofilmen mitgespielt, die zusammen mit meinen Nackt-, Masturbations- und Fickfotos bereits überall im Internet zu finden sind, und die dreitägigen Reisen, die ich monatlich unternehme, dienen fast immer dazu, neue Pornofilme zu drehen und als Prostituierte in Lokalen in anderen europäischen Städten zu arbeiten.

Heute dreht sich mein ganzes Leben darum, eine Sexsklavin zu sein, und ich möchte nicht anders leben. Außerdem bin ich seit einiger Zeit permanent erregt , und egal, wie oft ich komme, ich will immer mehr. Aus diesem Grund haben mir sowohl Mr. Anderson als auch Glenn vor

Monaten die Erlaubnis gegeben, zu masturbieren und zu kommen, wann immer ich will, was ich mehrmals am Tag tue, unabhängig davon, wo ich bin oder wer mich sehen könnte. Aber was auch immer viele Leute denken mögen, Glenn und ich sind glücklich und wir möchten nicht, dass sich in unserem Leben etwas ändert

ENDE

UNTERWÜRFIGE ERIKA SANDERS

Ich wünsche dir.

Alles über dich.

Von Kopf bis Fuß und alles dazwischen.

Dein Körper, dein Geist, deine Seele.

Die Unvollkommenheiten, die du hasst, die ich nicht hasse.

Ich liebe jeden Teil von dir, so wie du bist.

Besonders dieser Arsch.

Ich will bei dir bleiben.

Die ganze Zeit.

Es ist egal, wo du bist.

Meine Gedanken wandern, ausgelöst durch einen Gedanken oder ein Bild.

Ein Lied.

Ihre Initialen auf einem Nummernschild.

Ein einfaches Wort, das im Vorbeigehen gesprochen wird und für Sie beide eine besondere Bedeutung hat.

Ein Fremder, der Haare trägt wie Sie.

Gekleidet wie du.

Ich möchte deine Stimme hören.

Wenn du mich mit deinen Kosenamen anrufst.

Sag mir, dass du mich liebst, dass du mich vermisst.

Beschreibe, wie dein Tag war.

Fragen Sie mich nach meiner und geben Sie mir Ihre Meinung.

Teilen Sie mit, was wir tun oder planen.

Sogar das Alltägliche.

Verführe mich spät in der Nacht, während ich nackt im Dunkeln im Bett liege und du meilenweit entfernt bist.

Sei hart zu mir, wenn ich verwöhnt werde und schmolle, um das Telefon zum Schlafen aufzulegen oder dich für die Arbeit vorzubereiten.

Ich möchte, dass Ihr Interieur schriftlich geöffnet wird.

Ich genieße jede neue Nachricht und jedes neue Foto.

Ich überprüfe vergangene Gespräche.

Ich erinnere mich, dass Sie immer noch an mich denken, wenn wir physisch nicht zusammen sind.

Das kann mit einer Berührung Ihrer Finger da sein.

Deine Worte sind stark, obwohl es keinen Ton gibt; Sie berühren mich im Hintergrund, als hättest du sie mir direkt ins Ohr gesagt.

Ich möchte meine Romane mit Ihnen besprechen.

Schlagen Sie mir Ideen vor, während wir die Handlungs- und Charakternamen erarbeiten.

Problembereiche beseitigen.

Schwindel mit den Kommentaren und Meinungen der Fans.

Besänftige meine Wut und Verwirrung, wenn gesichtslose und herzlose Leser meine Geschichten ohne guten Grund kritisieren.

Und ich schreibe weiterhin einen Tag mit Ihrer Ermutigung.

Ich möchte von dir gezähmt werden.

Kochen und Hausarbeit machen.

Besorgungen machen.

Tanzen gehen, einen Film sehen und Ausflüge machen.

Kuscheln Sie sich einfach und machen Sie an einem regnerischen Wochenende ein Nickerchen auf der Couch.

Rufen Sie mich an, um den ganzen Tag unter Deckenstapeln im Bett zu schlafen.

Schlafen Sie nachts in den Armen des anderen ein und wachen Sie dann morgens nebeneinander auf.

Zusammen duschen.

Haben Sie Make-up Sex, wenn wir kämpfen.

Ich möchte von dir geküsst werden.

Wiederholt.

Zärtlich und grob.

Sie wissen, wie man sich über mich lustig macht.

Befriedige mich.

Weck mich mit deinen Lippen, Zähnen und Zunge auf.

Um mich zum Weinen und Stöhnen zu bringen.

Flehen.

Mein Körper zittert.

Ich möchte versaute Dinge mit dir machen.

Nehmen Sie an Mahlzeiten und Veranstaltungen teil.

Finde Freunde in deinem Lebensstil.

Nimm an Sexspielen auf Partys teil.

Entdecken Sie weitere geheime Wünsche.

Löse unsere Hemmungen.

Entdecken Sie unsere dunkleren Seiten.

Nehmen Sie sich gegenseitig an die Spitze der Höhen und trösten Sie sich dann gegenseitig, wenn wir auf die tiefsten Tiefen fallen.

Ich möchte von dir dominiert werden.

Er knurrte, weil ich dein bin.

Du lässt meinen Puls rasen und meine Atmung aufhören, wenn ich deine Befehle höre.

Lautlos oder abrupt lassen mich beide Situationen rot werden.

Ich möchte wirklich, dass du mich mit deinem Schwanz zwischen meinen Beinen an die Wand drückst und gegen meine Muschi drückst.

Dass du mir befiehlst, dich zu ficken ... nur zu kommen, wenn du es sagst.

Ich habe keine andere Wahl, als nachzugeben, wenn Sie meine Ohren, meinen Hals und meine Brüste mit Ihrem Mund quälen.

Oder wenn ich deine Hände auf meinem Körper spüre, während du deine beanspruchst.

Meine Brust schwillt vor Stolz an, wenn Sie sagen, dass ich ein "gutes Mädchen" bin, um zu tun, was Sie wollen.

Ich möchte von dir gefesselt werden.

Physisch.

Geistig.

Mit Ihren Händen, Handschellen oder Seilen.

Meine Handgelenke hielten sich in deinem Griff über meinem Kopf oder waren am Kopf des Bettes befestigt.

Eingeschränkte Beine, zusammen oder auseinander.

Meine Bewegungen und Reflexe werden kontrolliert.

Jede Chance, dich zu berühren, ist ausgeschlossen.

Eine Augenbinde über meinen Augen, damit ich nicht sehen kann, was du mir antun wirst.

Ich will von dir gefickt werden.

Nackt und überwältigt unter deinem Körper, während du mich wegfegst.

Steh frei von Fesseln ohne eine Berührung von einem von euch und benutze nur deine Worte, um mich zu winden und zu stöhnen, während du mich auf entzückende Weise verarschst.

Oder die einfachen, leichten Berührungen, die Sie entdeckt haben, bringen mehrere Orgasmen hervor, egal wo Sie meinen Körper streicheln.

Ich möchte, dass du mich benutzt.

Nach Belieben von einem Ort zum anderen gezogen werden.

Überwältigt, wenn ich kämpfe.

Mein nackter Arsch schlug, während er mich hielt.

Meine Spielsachen haben mich benutzt ... von dir.

Deine Hand packte meine Haare in meinem Nacken.

Drücke leicht auf meinen Hals, während du mir in die Augen schaust.

Um mich daran zu erinnern, wer verantwortlich ist.

Ich möchte deine Regeln befolgen.

Wenn Sie außerhalb meiner Reichweite sind, geben sie mir etwas, auf das ich mich konzentrieren kann.

Sie werden mit meinem besten Interesse definiert.

Ich weiß, dass Sie entsprechend diszipliniert werden, wenn ich sie breche.

Dass du mir vertraust, ehrlich zu dir zu sein, wenn ich dir nicht gehorcht habe.

Ich möchte, dass du mich tröstest.

An dich gekuschelt, wenn ich überwältigt bin oder einen schlechten Tag habe.

Mein Haar streichelte und küsste mich mit meinem Kopf unter deinem Kinn gegen deine Brust.

Beruhigt durch deine Worte und deine Arme um mich.

Schaukeln, bis die Tränen aufhören.

Ich möchte mich um dich kümmern.

Um dich zu umarmen, wenn du traurig, müde oder krank bist.

Ich werde deine Stärke sein, jemand, auf den du dich stützen kannst, denn selbst ein Dom kann schwache Momente haben.

Als Ihr Sub bin ich für Sie da, in jeder Situation, in der Sie mich brauchen.

Um Ihnen zu gefallen oder Ihre Schmerzen zu lindern.

Ich will all diese Dinge und mehr.

Weil ich so unterwürfig bin.

Als deine Dominante ...

ENDE

www.ingramcontent.com/pod-product-compliance
Lightning Source LLC
LaVergne TN
LVHW040957150826
845672LV00002B/738
9798230580805